12/05

D1442220

UN CASO GRAVE DE RAYAS

RAYAS

DAVID SHANNON

SCHOLASTIC INC.
New York Toronto London Auckland Sydney
Mexico City New Delhi Hong Kong Buenos Aires

A mi esposa, Heidi
y a mi amigo y maestro
Phillip Hays, alias "Uncle Legend"

Originally published in English as *A Bad Case of Stripes*.
No part of this publication may be reproduced, stored in a retrieval system,
or transmitted in any form or by any means, electronic, mechanical, photocopying,
recording, or otherwise, without written permission of the publisher.
For information regarding permission, write to Scholastic Inc.,
Attention: Permissions Department, 557 Broadway, New York, NY 10012.
ISBN 0-439-40986-1
Copyright © 1998 by David Shannon.
Translation copyright © 2002 by Scholastic Inc.
All rights reserved. Published by Scholastic Inc.
SCHOLASTIC, MARIPOSA and associated logos are trademarks
and/or registered trademarks of Scholastic Inc.
12 11 10 9 8 7 6   4 5 6 7/0
Printed in the U.S.A.   14
First Scholastic Spanish printing, September 2002
Designed by David Shannon and Kathleen Westray

A Camila Flan le encantaban las habas, pero nunca las comía porque todos sus amigos las detestaban y ella no quería ser diferente. A Camila le importaba mucho lo que la gente pudiera pensar de ella.

Una mañana, Camila se despertó más preocupada que nunca. Era el primer día de clases y no podía decidir qué se iba a poner. ¡Quería causar una buena impresión a tanta gente! Se vistió y desvistió cuarenta y dos veces. Nada de lo que se ponía le parecía bien. Por fin, se puso un vestido rojo muy bonito, se miró en el espejo y... ¡lanzó un grito de horror!

Su mamá corrió al cuarto y, al verla, se le escapó un grito.

—¡Santo cielo! —exclamó—. ¡Estás llena de rayas!

Y era verdad: Camila tenía rayas de la cabeza a los pies. ¡Parecía un arco iris!

La Sra. Flan le puso la mano en la frente para ver si tenía fiebre.

—¿Te sientes bien? —le preguntó.

—Sí... —contestó Camila—, pero ¡mírame!

—Vuelve a la cama ahora mismo —ordenó su mamá—. Hoy no irás a la escuela.

Camila se sintió aliviada. No quería perder el primer día de clases, pero tampoco podía presentarse así: ¡qué dirían los demás niños! Además, no sabía qué ponerse con esas rayas horribles.

Esa tarde, el Dr. Falla vino a ver a Camila.

—¡Increíble! —exclamó—. Nunca había visto nada igual. Dime, Camila, ¿tienes tos, catarro, estornudos dolores, malestar, escalofríos, calores, mareos, sueño, falta de aire o espasmos incontrolables?

—No —respondió Camila—. Me siento bien.

—Entonces... —dijo el Dr. Falla dirigiéndose a la Sra. Flan—, no veo ninguna razón por la que tenga que faltar a la escuela mañana. Aquí tiene un ungüento que le quitará las rayas en unos días. Y si no se le quitan, ya sabe dónde encontrarme—. Y se fue.

El día siguiente fue un desastre. En la escuela todos los niños se rieron de Camila y empezaron a llamarla "¡Camila Crayola!" y "Camila Caramela". Camila intentó aparentar que no pasaba nada, pero cuando la clase empezó a recitar la Promesa de Lealtad, las rayas se volvieron rojas, blancas y azules, y su cuerpo se llenó de estrellas.

A los otros niños todo esto les parecía fantástico.

—A ver, Camila, ¡muéstranos unos lunares morados! —gritó uno.
Y por supuesto, Camila se cubrió de lunares morados.

—¡Un tablero de ajedrez! —gritó otro, y la piel de Camila se llenó
de cuadraditos.

Pronto, cada cual empezó a decir un color o una forma distinta, y
la pobre Camila cambiaba más rápido que cuando cambias los
canales de la tele.

Esa noche, el Sr. Dañino, director de la escuela, llamó a los padres de Camila.

—Lo siento, Sra. Flan —dijo—, pero voy a tener que pedirle que no mande a Camila a la escuela. Distrae demasiado a los niños. Además, he recibido llamadas de algunos padres que temen que esas rayas sean contagiosas.

Camila se sintió muy avergonzada. No podía creer que hacía sólo dos días, les gustaba a todos. Y ahora, nadie quería estar en el mismo cuarto con ella.

—¿Quieres que te traiga algo, cariño? —le preguntó su papá, tratando de que se sintiera un poquito mejor.

—No, gracias —suspiró Camila. Lo que realmente quería era un buen plato de habas, pero bastante se habían reído ya de ella ese día.

—Hum, claro, sí, ya veo —murmuró el Dr. Falla cuando el Sr. Flan lo llamó por teléfono al día siguiente—. Creo que será mejor que lleve a los Especialistas. Estaremos allí en seguida.

Una hora más tarde, el Dr. Falla llegó con cuatro personas con batas blancas largas y los presentó a los Flan:

—El Dr. Tiento, el Dr. Cubo, el Dr. Tieso y el Dr. Chau —indicó.

Los Especialistas se pusieron a examinar a Camila. La apretaron, la pincharon, le dieron palmaditas y le hicieron pruebas. Todo era muy molesto.

—No son paperas —concluyó el Dr. Tiento.

—Ni tampoco sarampión —dijo el Dr. Cubo.

—Definitivamente, no es viruela —afirmó el Dr. Tieso.

—Ni insolación —agregó el Dr. Chau.

—Toma esto —le dijeron los Especialistas y cada uno le entregó un frasco de píldoras de distintos colores.

—Toma una píldora de cada frasco antes de acostarte —dijo el Dr. Tiento.

Y salieron por la puerta principal seguidos por el Dr. Falla.

Esa noche, Camila tomó los remedios. Fue horrible. A la mañana siguiente, cuando se despertó, se sentía diferente y cuando trató de vestirse, notó que la ropa no le entraba. Se miró en el espejo y, allí, mirándola de frente, vio una gigantesca píldora multicolor, con su propia cara.

El Dr. Falla fue corriendo a la casa en cuanto la Sra. Flan lo llamó. Pero esta vez, en lugar de llegar con los Especialistas, había traído a los Expertos.

El Dr. Calabaza y el Sr. Sandía eran los científicos más famosos de la región. Ellos también pincharon, punzaron, observaron y auscultaron a Camila. Los Expertos anotaron muchos números. Luego, se apartaron para susurrar entre ellos.

Finalmente, el Dr. Calabaza tomó la palabra:

—Puede que sea un virus —anunció con autoridad. Y de pronto, Camila se llenó de unas bolitas de virus velludas por toda la piel.

—O quizás algún tipo de bacteria —dijo el Sr. Sandía. Y le brotaron por todo el cuerpo colitas de bacterias movedizas.

—Incluso es posible que se trate de un hongo —agregó el Dr. Calabaza. Y al instante, Camila se cubrió de manchas de hongos de distintos colores.

Los Expertos observaron a Camila y luego se miraron entre sí.

—Tenemos que volver a revisar estos números en el laboratorio —explicó el Dr. Calabaza—. Los llamaremos en cuanto sepamos algo—. Pero los Expertos no tenían ni idea de lo que era y mucho menos de cómo se curaba.

Para entonces, en la televisión ya se habían enterado del caso de Camila. Reporteros de todos los canales se instalaron frente a su casa para difundir las noticias sobre "El extraño caso de la increïble niña cambiante".

Pronto, una multitud había acampado en el jardín de la entrada.

La casa de los Flan estaba inundada con toda clase de remedios de psicólogos, alergistas, herbalistas, nutricionistas, espiritistas, un viejo curandero, un gurú y hasta de un veterinario. Cada una de esas supuestas curas no hacía sino empeorar el extraño aspecto de la pobre Camila, hasta que incluso llegó a ser difícil reconocerla. Le brotaron raíces y bellotas y cristales y plumas y hasta le salió una cola, larga y peluda. Pero nada la curaba.

Un día, una mujer que dijo ser Terapeuta del Medio Ambiente, afirmó que ella podía curar a Camila.

—Cierra los ojos —le dijo—. Respira hondo e imagina que tú y tu cuarto son uno solo.

—¡Para qué habrá dicho eso! —gruñó Camila, y lentamente empezó a fundirse con las paredes del cuarto. La cama pasó a ser la boca, la cómoda, la nariz, y dos cuadros que colgaban en la pared, los ojos. La terapeuta lanzó un grito y salió disparada.

—¿Qué vamos a hacer? —exclamó la Sra. Flan sollozando—. Cada vez se pone peor.

Justo en ese momento, el Sr. Flan oyó unos golpecitos en la puerta principal. La abrió y vio a una anciana dulce y regordeta como una fresa.

—Disculpen —dijo sonriente—. Creo que los puedo ayudar.

Fue al cuarto de Camila y observó todo con mucha atención.

—¡Dios santo! —dijo meneando la cabeza—. Lo que tenemos aquí es un caso grave de rayas. ¡De los peores que he visto!

Sacó de su bolsa un envase de habas verdes.

—Esto te curará —dijo.

—¿Son habas mágicas? —preguntó la Sra. Flan.

—Oh, no —replicó la anciana—. No existe tal cosa. Son habas vulgares y corrientes. ¿A que te gustaría comer habas? —le preguntó a Camila.

Camila quería un platazo repleto de habas más que nada en el mundo, pero todavía le costaba admitirlo.

—¡Puaj! —dijo—. A nadie le gustan las habas. Y a mí menos.

—Entonces, querida, creo que contigo me equivoqué —dijo la mujer con tristeza y, volviendo a meter las habas en su bolsa, se dirigió hacia la puerta.

Camila vio cómo la mujer se alejaba. Esas habas seguramente estaban riquísimas. Y que se rieran de una por comer habas no era nada, en comparación con lo que estaba sufriendo. De modo que no lo soportó más y gritó:

—¡Espere! La verdad es que... me encantan las habas.

—Eso pensaba yo —dijo la anciana con una sonrisa. Entonces sacó un puñado de habas y se las tiró a Camila en la boca.

—Hummm —dijo Camila.

De repente, las ramas, las plumas y las colitas movedizas empezaron a desaparecer. Luego, todo el cuarto empezó a girar. Cuando dejó de girar, Camila estaba de pie y todo había vuelto a la normalidad.

—¡Estoy curada! —gritó.

—Sí —dijo la anciana—. Yo sabía que la verdadera Camila estaba por allí, en algún lado —agregó, dándole unas palmaditas en la cabeza. Entonces salió de la casa y desapareció entre la multitud.

Desde entonces, Camila no volvió a ser exactamente la misma. Algunos de los niños de la escuela decían que era rara, pero a ella no le importaba. Comía todas las habas que quería, y nunca más volvió a tener ni el menor síntoma de rayas.